노르웨이해

노르웨이

□ 이발로

□ 로바니에미

□ 오울루

핀란드

스웨덴

러시아

□ 바사

보트니아만

이위베스퀼레 □

라도가호

□ 투르쿠   헬싱키
          ★
발트해   핀란드만

그대로 꿈,
그래도 쉼

너무 긴 청춘을 위한 숨 고르기

초판 1쇄 인쇄일 2012년 11월 2일
초판 1쇄 발행일 2012년 11월 9일
글 이석훈
사진 이석훈
펴낸이 장성순
기획편집 변경진
편집 양철훈, 전다영
디자인 방상호
출력 한국커뮤니케이션
인쇄 갑우문화사
펴낸곳 해피스토리

주소 서울특별시 마포구 동교동 200-4 광남벨라스아파트 2동 302호
전화 02-333-8336 **팩스** 02-730-8332
이메일 happistory11@naver.com
출판등록 2006년 12월 6일 제300-2006-174호
홈페이지 http://www.happistory.com

당신의 이야기가 곧 역사입니다.

ISBN 978-89-93225-63-1 03810
※값은 뒤표지에 표시되어 있습니다.
※잘못된 책은 바꾸어 드립니다.

해피스토리는 출간을 희망하는 분들의 소중한 원고를 기다리고 있습니다. 출간 기획안과 작성된
원고를 해피스토리 편집국(happistory11@naver.com)으로 보내주세요. 해피스토리 편집국의
문은 독자 여러분에게 활짝 열려 있습니다. 언제든지 해피스토리에 노크하시면 됩니다.

가수 이석훈 여행 산문집

그대로 꿈,
그래도 쉼

너무 긴 청춘을 위한 숨 고르기

해피스토리
Happistory

목차

나는 간다.

나의 자리, 에서 잠시 벗어나려고 한다.

언제까지 있을지 모르는 나의 자리를 잠시 비워두려고 한다.

고소공포증이 있는 사람

그래서 부산도 웬만하면 자동차나 KTX를 타는 사람

계획적이기보다는 즉흥적인 사람

그래서 사다리 타듯 운명에 맡기는 것이 흥미로운 사람

나는 이런 사람이고, 이런 내가 핀란드에 간다.

북유럽, 자일리톨, 사우나

핀란드에 대해 아는 것은 이 세 가지가 전부다.

이 세 가지는 내 마음을 움직이기에 충분했다.

아니 북유럽이라는 것 하나만으로도 충분했다.

그곳은 분명 많은 것을 느끼게 해 줄 것이다.

새로운 장소, 새로운 환경에서

노래하는 사람이 아닌 사진쟁이, 글쟁이가 되고 싶다.

나는 이제 이곳 핀란드 헬싱키에서 새로운 도전을 시작한다.

안녕?
안녕!

설렘, 슬픔, 희망, 좌절, 기쁨, 설명할 수 없는….

낯설거나 혹은 익숙한 사람들의
아주 빠르거나 아주 느린 템포에 맞춰 떨어지는 발걸음,
그 뒤에 쏟아지는 수많은 감정이
하루하루 새롭게 채워지는 공간.

가수가 된 후 공항을 자주 찾는다.
익숙한 공간이 되어버려서일까?
공항이 주는 수많은 감정이 사라진 지 오래다.
무감각.
피곤과 두려움이 가득한 공간.
난 약간의 고소공포증을 갖고 있고
그래서 더 비행기가 무섭다.
아니, 비행기가 싫다.

이런 나는, 또 다른 시작을 위해 핀란드로 떠난다.

그대로 꿈, 그래도 쉼

내가 왔다

완벽했다.
기장님의 비행 점수는 10점 만점의 10점!
사소한 일로 그날의 운을 점치는 나는
일주일의 핀란드 여행이 즐거울 것이란 생각에 기분이 한껏 들떴다.
한눈에 봐도 딱 알아볼 수 있는 검은색 에나멜 가방을 찾자마자
주섬주섬 카메라 세팅에 들어갔다.
우선 필름 카메라에 총알을 장전하고 목에 건 다음
여행 내내 주로 사용하게 될 디지털 카메라에
렌즈를 끼우고 녀석의 상태를 살폈다.
드디어 세팅 끝!
공기까지도 찍을 기세다.

이제 겁나지 않아!

심호흡
그리고…
시작

역시 북유럽은 다르고만!

공항을 빠져나오자마자 공기를 한껏 들이켰다.
하늘을 올려다보았다.
핀란드의 공기는 하늘을 바라보게 한다.
맑은 공기가 주는 느낌처럼 맑은 하늘은 아니었지만,
구름이 정말 기가 막혔다.
뭐랄까… 볕 좋은 날, 한껏 햇볕을 머금은 솜이불을
팡팡 털어 보슬보슬 솜이 살아나면
그 이불을 돌돌 말아서 침대 위에 얹어 놓은 느낌?
아니 그 이불을 덮은 느낌이겠다.

카메라에 미안할 정도로 셔터를 마구 눌렀다.
지금부터 검지의 지문이 닳도록 셔터를 눌러야지.

숲
그리고
호수가 있는 풍경

숲과 호수의 나라 핀란드.

너무 진부한 표현이라고 해도 어쩔 수 없다.

사실이니까.

공원이 많았기 때문에 여행 내내 많이 걸을 수 있었고, 헬싱키를 구석 구석 자세히 볼 수 있었던 것이 아닐까 싶다.

우리나라도 예전보다 도심에 공원을 많이 조성해 사람들의 팍팍한 삶에, 도시의 삭막함에 작은 쉼표를 만들어주고 있지만, 핀란드 헬싱키의 거리를 걸으며 무수히 만나게 되는 공원은 따라갈 수 없는 원조의 느낌을 준다.

낯선 나라에서 느끼는 따스함이 조금은 지쳐가는 내게 큰 위로가 되어 주었다.

◐ 헬싱키를 여행할 계획을 세웠다면 여행 가방에 운동복까지는 아니더라도 과감하게 운동화나 가벼운 조깅화를 넣어봐. 짐 된다고 툴툴대지 말고 눈 딱 감고 넣는 거야.
평소에 걷는 게 죽기보다 싫었더라도 헬싱키 공원을 걷다 보면 저절로 걷고 싶어질 테니까.
운동화를 챙겨오지 않은 게 무시무지 후회가 될 테니까.

그대로 꿈, 그대로 섬

마이클 잭슨

인터뷰할 때, 처음 들었던 팝에 대해 물을 때가 있다.
그럴 때마다 마치 어렸을 때 받은 조기교육처럼 자랑스럽게
마이클 잭슨의 「History 앨범」을 얘기한다.
1995년도의 나는 간신히 산수를 마스터한 초등학교 6학년이었다.
처음 들은 노래가 「You are not alone」이란 노래였는데
뜻도 모르는 가사를 들리는 대로 적어서 부르고 다녔다.
내 운명은 그때 정해진 게 아닐까 싶기도 하다.
그 이후 자연스럽게 마이클 잭슨의 음악과 영상을 보면서 자랐다.

마이클 잭슨을 코스프레 한 핀란드인은
나를 초등학교 6학년, 그 시절로 돌아가게 했고
스마트폰에 담겨있는 그의 노래를 듣는 순간
내 앞에 진짜 마이클 잭슨이 나타난 듯한 착각에 빠져들었다.

Though we're far apart
You're always in my heart
But you are not alone.

당신은 멀리 떨어져 있지만,
노랫말처럼 당신은 혼자가 아니네요.
당신 때문에 어쩜 내 운명이 정해졌을지도 모르겠군요.
지금 나처럼
누군가도 당신의 노래를 들으며
운명을 만들어가고 있을 테니까요.
그리고 당신을 영원히 기억하고 추억하겠죠.
이렇게 당신을 생각하니까 또 당신의 노래가 듣고 싶어지는 오늘입
니다.

집

일주일 동안 머물 곳, 나의 집.

혼자 산 지도 4년이 됐다.

혼자 산다는 것은
한 공간을 오롯이 혼자 사용한다는 것이고,
익숙함이라는 단어에
외로움이라는 감정이 흩어져 버리는 것이다.

낯선 장소에서 일주일을 살아야 하는데
어색함조차 느껴지지 않는다.
일주일간 살게 될 나의 집.
숙소에 들어서자마자 기도를 했다.
제발 이번 여행이 계획했던 대로 잘 끝나기를….

이제 나갈 준비를 해야지.
1분 1초가 아깝다.
국토대장정을 시작하듯 마음을 굳건히 다잡았다.

핀란드야, 기다려라!

깜삐역
가는 길

사랑하는 사람을 만나러 갈 때,
옷장에 있는 가장 멋진 옷을 꺼내 입는다.
그리고 거울 앞에서 구석구석 내 모습을 살핀다.
나는 딱 그런 마음으로 옷을 갈아입었다.
설레는 발걸음, 가벼운 마음으로 숙소를 나섰다.
날씨는 걷기에 더없이 좋았다.
6,000cc짜리 신발로 갈아 신은 나는
완벽하게 걸을 준비가 돼 있었다.
깜삐역으로 가는 표를 끊었다.
나는 홀린 듯 셔터를 누르기에 정신이 팔렸다.
전철에 타자마자 처음 전철을 탄 사람처럼 두리번거리기 바빴고
디자인의 나라 핀란드답게 빨간색 의자가 마음에 쏙 들었다.
내 바지와 어울리는군!
오늘은 어떤 걸 집중적으로 찍어볼까?
밥은 뭘 먹지?
많은 생각과 함께 깜삐역에 도착했다.

UFC 선수가 입장하듯 비장한 마음으로
긴 에스컬레이터 앞에 섰다!

드디어⋯ 내가 왔다.

Busstation

그대로 꿈, 그대로 삶

이 정도 열정이면
사진 찍어도 되잖아

셔터 누르는 게 이렇게 즐거웠던 적이 있었을까?
사랑하는 여자 친구를 찍어주는 듯한 느낌.
솜사탕 같은 구름, CG 같은 잔디.
조금 낡은 표현이면 어떻고, 유치하면 또 어때?
지금 이 기분, 날씨, 햇살, 바람 모든 게 최고인데!

사진만 잘 나온다면 자세 따윈 중요하지 않아.

광장
그리고
젊음

헬싱키 젊은이들이 가장 많이 모이는 곳이 어디냐고 물어보면 사람들은 머뭇거린다.

사실 헬싱키에는 한국의 명동이나 강남 느낌의 거리는 없다고 한다. 그나마 젊은이들이 모이는 곳이 깜삐역 주변이다. 확실히 역 주변에 즐길 만한 곳이 많이 있었고 젊은이들이 모이는 곳이기는 했지만, 생각처럼 사람들이 많지는 않다.

사람이 많이 붐비는 걸 싫어하는 내겐 딱인 곳!

첫 느낌이 너무 좋았다.

하늘을 충분히 느낄 수 있는 높지 않은 건물과 선선한 날씨.

그리고 개성 있는 사람들….

한국이 아니면 살 수 없을 것이란 내 생각은 깜삐역 광장을 본 순간, 한번에 깨졌다.

역시 이곳에 오길 잘했다는 생각이 든다.

서른 즈음

나를 가장 나답게 만들어주는,
나를 가장 나답게 보여주는,
그런 일을 하고 있는데….
가끔 돈 생각이 난다.

이럴 때마다 드는 생각

나는 지금,
아주 현실적이거나
혹은 속물적이거나
나이를 먹어간다는 증거….

이석훈

목소리,
기타 한 대,
혹은
피아노 한 대,

넘치지도 모자라지도 않는
그래서 나에게는 더없이 충분한….

낙엽

다 말라비틀어진 낙엽이라고 비웃지 마.
부스럭부스럭
바스락바스락
버스럭버스럭
파사삭파사삭
봐, 누군가에게 소리의 재미라도 주잖아.
발걸음의 여유라도 주잖아.

넌 누군가에게 무엇이 되어봤니?

가끔은

사실 하늘을 보면 어떤 마음이 들어?
평화로워진다?
마음이 정화된다?
글 쓰는 사람들이 표현한 하늘을 보면서
공감도 하지만 사실 잘 모르는 기분을
왠지 그들의 표현에 끼워 맞출 때가 있어.
성공이란 것도 그렇잖아.
그런 글을 읽다 보면 내 미래가
금방이라도 저 멀리 보이는 태양 가까이
갈 것 같은 철없는 희망 같은 게 생기잖아.
그러다가 현실과 너무 달라서 좌절하고….
작은 턱에 걸려도 덜컥 겁이 나지.
두렵고, 무섭고, 세상에서 제일 불행한 사람이 되고 말아.

이건 너도 알고 나도 아는 사실이야.
노력 없이 얻어지는 건 없다는 것 말이야.
이런 고리타분한 얘기를 내가 할 줄 몰랐지만 사실이잖아.
불변의 법칙, 뭐 그런 거잖아.
경주마처럼 주위 시선을 가리고 달려야 할 필요가 있어.
나도, 너도….

이제 알지도 못하는 사람들의 성공 스토리보다
너의 스토리에 귀 기울이는 건 어때?

감격스러워

'감격'의 사전적인 의미

= 마음에 깊이 느끼어 크게 감동함.

또는 그 감동.

그래서 함부로 쓰여서는 안 되는 단어.

새벽

만감이 교차한다.
거리에 내려앉은 어둠, 노란색 가로등, 자동차 한 대 없는 한산한
거리….

덜컥 핀란드 여행이 겁났다.

잘할 수 있을까?

같이 온 스탭들과 잘해낼 수 있을까?

나는 누군가에게 오빠, 형이기보다는 동생인 것이 편하다.

이번 여행은 이런 내가 선두에 서서 모든 일을 진행해야 한다.

어렸을 때 「사탄의 인형」을 혼자 보면서 식은땀을 흘렸을 때가 생각날 정도로 무서웠다.

그러나 나의 여행은 이미 시작됐다.

이왕 이렇게 시작된 여행.

칼을 뽑았으면 무라도 썰어야 한다고 하지 않았던가.

오랜만에 다짐이란 걸 해본다.

항상 날 움직이게 하는 즐거움이란 단어를 생각하면서.

나이가
들어 버렸다

한 살 한 살 나이를 먹어가는 게 두렵지 않았다.

숫자가 어른을 만들어주지는 않지만, 나이가 들면서 느끼는 모든 것이 신기하고 재밌었다.

'언제나 내가 나이를 먹고 있나? 아직도 10대 같은데…' 라는 생각을 했다.

그러나 세월의 흐름이 부모님의 몸 구석구석에 흔적을 남기기 시작했고, 그 모습을 보는 것이 죽을 만큼 싫었다.

나이가 든다는 것을 이렇게 느끼고 싶진 않았다.

입버릇처럼 내뱉던 말, "옛날로 돌아가고 싶다"고 그 순간 미친 듯이 갈망했다.

아… 이게 인생이라는 거구나!
죽을 만큼 나이 드는 게 싫다.

표현

살면서 많은 경험을 해야 예술적 표현이 좋아지고
대중에게 공감받을 수 있다는 말을 한다.
예술을 한다고 텔레비전 브라운관에서 자랑스럽게 얘기하는 사람들.
어렸을 때 무작정 따라 하다 보니 자연스럽게 얻어진 결과물을
나이가 들다 보니 자연스러운 경험에서 쌓인 것이라고 거짓말하는 건
아닌가요?
우린 운이 좋아서 대중들 앞에 서게 된 건 아니었던가요?
가슴에 손을 얹고 말해봐요.

솔직히… 타고난 거잖아요.

먼 훗날

누군가에게 '할아버지'라고 불리는 순간
그리고 그 소리에 자연스럽게 고개 돌려 바라볼 수 있는 순간
그 순간 난 누구보다 멋진 '할아버지'가 되고 싶다.
세계적인 패션 디렉터 닉 우스터처럼.
깔끔하게 딱 떨어지는 모노톤의 슈트와 노란색 로퍼가 어울리는 사람.
나이가 들어가면서 더 멋있는 사람.

그런 사람이 되려면 현재가 중요하겠지?
지금보다 수면 시간을 조금 더 줄여야 하고,
매 순간 온 힘을 다해야 하고, 시간을 관리할 줄 알아야 한다.
자기와의 싸움에서 지지 않기 위해 노력해야 하고,
강철 체력을 위해 운동은 필수.
재테크도 잘하고, 많은 사람을 아우를 수 있는 관용도 있어야 하고,
거기에 인맥도 넓다면 금상첨화, 여우 같은 마누라, 토끼 같은 자식
과 행복한 가정도 꾸려야 하고, 타고난 운도 있어야 하고….
쓰고 보니 해야 할 일이 참 많네.

아이고, 생각만 하지 말고 움직이자 석훈아.

비가 내린다

비가 와도 걸었다.

걷고 또 걸었다. 헬싱키를 온몸에 아로새기듯 걷고 또 걸었다.

하나라도 더 내 안을 채우기 위해 애를 쓰며 돌아다녔다.

여행 중, 비 오는 날이 있다는 것은 축복이다.

여행지에서 만나는 비 오는 날은 또 다른 세계를 안겨준다.

빗방울에 스며 공기를 타고 흐르는 비 냄새가 다르고

며칠을 지내며 익숙해진 공간에서 숨겨둔 삶의 냄새가 난다.

무심히 마주쳤던 사람들의 눈빛과 미소가 다르다.

참 운 좋게 핀란드에 있는 일주일 동안 사계절을 만날 수 있었다.

일주일간 사계절을 느끼며 사계절 같은 사람들을 사진에 담았다.

계절을 담고 사람을 담고 삶을 담으며

연예인의 삶을 사는 내 삶과 참 비슷하다는 생각이 들었다.

참, 닮았다.

때로는
아날로그

다이어리를 쓴 지 10년이 다 되어 간다.
뭐 어렸을 때는 별로 적을 게 없었다.
간단한 메모 수준에 불과했으니까.
그렇게 다이어리를 쓰기 시작하고 일주일, 한 달, 일 년….
지금은 다이어리를 쓰는 재미에 푹 빠져있다.
다이어리를 끼고 살 정도다.

이번 여행에도 당연히 다이어리를 들고 갔다.

그러나 여행 중간에는 노트북에 담기로 했다.

여행 중 찍은 사진 정리와 함께

하루를 정리해야겠다는 생각에서였다.

얼마나 편할까?

그러나 여행 며칠 만에 백번 후회했다.

다이어리였다면 그때그때 메모했겠지만, 노트북이 무거워 웬만한 것은

머릿속에 열심히 저장했더니… 결국 기억이 나질 않았다.

아! 망했다.

김치 좋아해요

실내 벼룩시장을 한참 신 나게 구경하고 나오다가 발견!
입구에서 바로 왼쪽, 자리가 좋아도 너무 좋다.
매력적인 한 청년이 소시지를 굽고 있었다.
한국에서는 소시지를 잘 먹지 않았지만 핀란드니까 다를 거라는 생각에 하나 먹기로 했다. 그는 카메라에 관심을 가졌고 이런저런 대화를 나눴다.
(내게) 한국 사람이냐 물었고, 그렇다는 내 말에 그 청년은 김치를 좋아한다고 자랑스럽게 얘기했다.
아! 김치.
김치, 그 한마디가 어찌나 반갑던지.
비싼 핀란드 물가 덕분에 위장에는 햄버거만 가득했는데
'김치'를 듣는 순간 한 포기를 통째로 씹어 먹고 싶은 충동에 휩싸였다.

역시 나는 한국 남자다.

장 보는 남자

어디를 여행하든 그곳을 제대로 알려면 시장을 가보라는 말이 있다.
이런 이유에서는 아니지만, 여행을 가면 마트나 시장에서 장 보는
것을 빼놓지 않게 된다.
여행지에서 무슨 장을 보느냐고 하겠지만, 장시간 핀란드에 머문 나
에게는 한국 음식이 절실히 필요했다. 약간의 술도 필요했고…
그리고 사람 사는 것이 다 똑같다고들 하지만 어떻게 생겼을는지 궁
금하기도 했다.
사실, 솔직히 말하면 평소에 마트 가는 걸 좋아한다.
과연 핀란드 마트는 뭐가 다를까 들뜬 마음으로 들어갔다.

뭐야! 똑같네.

마트는 어느 나라나 비슷비슷한가 보다.
그리고 해외 어느 나라를 가도 볼 수 있는 신라면!
우리나라 사람들은 신라면만 먹는 줄 아나 보다.
아니면 해외에서 가장 인기 있는 라면이 신라면이거나.
핀란드 하면 역시 자일리톨.
그래서 그런지 자일리톨 치약 정말 좋다!
지갑만 잃어버리지 않았다면 잔뜩 사왔을지도 모른다.
핀란드의 자일리톨 치약은 자기 전 양치를 한 후, 다음날 아침이 되

어도 입안의 불쾌함이 없었다.
그리고 스마트폰과 동시에 가장 큰 인기를 끌었던 게임 캐릭터
앵그리 버드가 들어간 다양한 캐릭터 상품도 만날 수 있다.

◎ 짧은 여행 동안 여행자의 낯섦을 지우고 싶다면 마트에 가봐. 저녁 찬거리를 고르는 핀란드인들 사이에 껴서 이것저것 음식 재료를 골라보며 여행 일부를 생활의 일부로 잠시나마 만들어 보는 것도 소소한 재미가 될 거야.

나름
클래식 자전거

호텔 앞에 오래된 자전거가 몇 대 세워져 있었다.

알아보니 빌려준다는 게 아닌가. 그것도 무료로! 하하.

무료라는데 안 탈까? 당연히 타야지!

여행의 기본은 경비를 최대한 아끼자가 아니었던가.

기다렸다는 듯이 신 나게 자전거를 타려고 했다.

그런데 이게 웬걸… 페달이 고장 나 있었다.

역시 무료인 이유가 있다.

그래도 탔다. 아주 재밌게 탔다.

비록 짧은 시간이었지만, 나름 흥미로웠던 시간이었다.

무료로 즐길 수 있는 것들이 무엇인지 찾아보는 것도

여행을 즐길 수 있는 또 하나의 재미가 아닐까?

사진놀이

나란 사람은… 카메라를 두려워한다.
앨범 재킷 사진을 찍거나 뮤직비디오 촬영이 잡히면
그 전날은 불면증에 시달린다.
잡지며 다른 가수들의 뮤직비디오를 보면서 떨리는 마음을 진정시킨다.
역시 난 뼛속까지 연예인은 아닌가 보다.
이런 내가 여행지에서는 사진을 못 찍어 안달이다.
편한 사람들과 살짝 풀어진 마음으로 미친 듯이 재미난 사진을 찍는다.
여러 가지 포즈를 잡으며 런웨이를 당당히 걷는 늘씬한 미녀처럼
카메라를 집어삼킬 듯 맘껏 카메라 앞에서 장난을 친다.
서로의 얼굴을 맞대고, 웃고 떠드는 호흡 섞인 대화도 추억이 되지만,
이런 사진이 그날의 시간과 기억에 흠뻑 빠지기엔 더 훌륭한 것 같다.

타임머신

어렸을 때 가족 여행이 그 어떤 놀이보다 가장 행복했다.
집에서 바리바리 싸온 맛있는 음식이 있었다.
텐트 속에서 온 가족이 서로의 살을 부비며 장난도 쳤다.
슬쩍 부모님의 대화에 껴들어 한 몫 거들기도 했다.

언제부터였을까?
여행에서 가족이란 단어가 빠졌다.
여행은 친구 혹은 사랑하는 사람과 함께하는 것이 되었다.
나도 어렸을 땐 저렇게 행복했겠지?
마냥 웃으며 엄마 품이 최고라고 엄지손가락을 세웠겠지?

지금 나에겐 타임머신이 절실히 필요하다.

십자가

하나님 안녕하셨죠?

저예요, 석훈이.

핀란드 헬싱키 거리에서도 뵙네요.

당신은 언제나 제게 큰 위안이 됩니다.

그거 아시죠?

모태신앙이라 당신을 단 한 번도 의심해 본 적 없어요.

당연하게 받아들였죠. 쉽게 말해 하나님이 최고야, 라고.

보이지 않는 믿음을 믿는 게 진짜 믿음이라고 하지요.

모든 사람이 각자에게 맞는 종교를 가졌으면 좋겠어요.

큰 힘이 되니까요.

발레리노

인생 최고의 공연이 뭐였냐고 물어보면
나는 한 치의 망설임 없이 「지젤」이라고 대답할 거다.
우연한 기회로 국립발레단의 지젤 공연을 관람했다.
음악과 몸으로 모든 것을 표현하는 발레.
처음 보는 발레가 정통 발레인 지젤이라니.
평소에 직업이 가수라 그런지 공연을 공연답게 즐기지 못한다.
무대 연출이나 아이디어, 새로운 장치, 조명이 먼저 눈에 들어온다.
나름의 직업병이라면 직업병.
이런 내가 정통 발레를 이해할 수 있을까.
걱정 반, 두려움 반 속에 공연은 시작됐다.
그러나 모든 걱정은 1막에서부터 날아갔다.
공연이 끝날 때까지 온몸에 흐르는
짜릿짜릿한 전율은 사그라지지 않았다.
연신 브라보를 외쳤다.
그 후로 「로미오와 줄리엣」, 「백조의 호수」까지
발레 공연을 찾아보는 즐거움이 생겼다.
그래서일까?
어디서든 봉만 보면 흉내를 낸다, 이렇게.
어렸을 때 내가 노래보다 발레를 먼저 접했다면?
분명 발레리노가 됐을 것이라는 망상에 빠져서!

저… 지금 발레 하면 늦나요? 하하.

기타

어렸을 때 추억의 대부분은 교회에서였다.
초등부에서 중등부로 올라갔을 때,
고등부 선배의 기타 치는 모습이 어찌나 멋있던지.
사달라고, 사달라고 울며불며 매달린 결과!
세상에 자식 이기는 부모 없다는 진리를 깨달았다.
결국, 아버지께 생일선물로 기타를 받았다.
그날부터 일주일 동안 서점에서 산 『이정선 기타교실』을 보며
열혈 독학에 빠졌다.
무작정 기타 교본을 펼쳐 놓고 한참을 씨름하던
그때의 순수함이 생각난다.
손가락에 물집이 잡히고 살갗이 벗겨져 쓰라렸지만,
단 한 번도 고통이었던 적이 없었다.
그저 재미난 놀이였다.
손가락으로 기타 줄을 퉁기면
띵까띵까 재미난 소리가 퉁겨 나왔고, 기분도 그만이었다.
연습의 결과, 실력은 일취월장!
모든 코드를 연주할 수 있게 됐고, 고등부 선배가 없을 때는
커크 프랭클린이라도 된 듯 기타를 쳤다.
이쯤에서 내 기타 실력이 몹시 궁금할지도 모르겠다.
지금 내 실력? 그때랑 똑같다. 아니… 그때보다 못 친다.

사실 그때, 난 충분히 잘 쳤기 때문에(어디까지나 내 기준임)
더 이상 연습하지 않았다. 연습할 필요가 없었다.
계속할 걸… 계속 연습했다면,
내 앨범에 직접 기타를 녹음하는 영광이 있었을 텐데 말이다.
실력파 가수 이석훈이라는 타이틀도 함께 했을 텐데….
아쉽긴 하지만 난 노래하는 사람이 됐으니까 그래도 괜찮다.

진열장에 반짝반짝 빛을 내며 서 있는 저 녀석도
분명 누군가에게 잊지 못할 열정을 선물해 줄 거다!

난 깔끔한 남자 1

믿을지 모르겠지만….

믿기 힘들 수도 있겠지만….

난 깔끔한 걸 좋아하는 남자입니다.

정리정돈 안되고 너부러져 있는 걸 굉장히 싫어합니다.

여행을 가거나 공연을 다니며 호텔에 묵을 때 버릇이 하나 있습니다.

가장 먼저 화장실 정리부터 한다는 겁니다.

12시간만 지나도 수염이 자라서 면도기는 필수.

시력이 많이 나빠 렌즈와 안경이 없으면,

팔을 이리저리 흔들고, 여기저기 부딪히기 일쑤고,

많은 사람이 걱정해 주는 팔자주름 때문에 화장품도 꼭꼭 챙겨

바른답니다. 하하.

언제나 함께

언제나 나와 함께 여행을 떠나는 소중한 물건들.

첫 번째 올리비아.
팬들이 지어준 이름까지 갖고 있는 노트북.
사실 나에게 버릇이 하나 있다.
어렸을 때부터 지금까지 쭉 이어지고 있는 버릇인데,
유독 애착이 가는 물건에 이름을 붙여서 보물처럼,
친구처럼 애지중지 다룬다.
글을 쓰고 있는 이 순간도 올리비아와 함께 있다.
이 녀석이 정말 좋다.
예전에 커피를 흘려 죽을 뻔한 녀석을 여기저기 수소문해서 간신히
살렸다.
그 후 검은색 키 커버를 입혀 더 이상 다치지 않게 애지중지 다루는
중이다.

두 번째 iPod과 이어폰.
현대인의 필수품! 사실 유행에 뒤처지고 싶지 않은 이유가 더 크다.
더 이상 업데이트가 필요하지 않게 많은 곡을 넣어 놨다.
솔직히 iPod 음질은 내 스타일이 아니다. itunes도 너무 어렵고!
나 같은 기계치는 마우스로 쉽게 드래그하는 게 최고지.

세 번째 책.

책을 준비하면서 나에게 가장 필요한 것은

마음가짐보다, 사진보다 다른 작가들의 작품이었다.

어린아이가 눈에 보이는 것에 집중하고 손에 잡히는 건 무조건 입에

넣듯 나는 뭐든지 머릿속에 집어넣어야 했다.

수십 권의 책을 읽었다.

지금도 읽고 있다.

이 책이 모방이 아닌 창조의 모습이 보이길 기도해본다.

네 번째 다이어리와 노트.

자랑할 수 있는 나의 습관 중 하나, 메모!

빼놓을 수 없다.

생각나는 대로 메모한다.

다이어리와 노트가 없다면 휴대폰에라도 저장해 둔다.

내가 얼마나 열심히 살고 있는지 궁금하다면 메모하기를 추천한다.

다섯 번째 CD.

CD를 소장하는 이유는 여러 가지가 있다.

그중 가장 큰 이유는 CD를 가지고 있으면

보이지 않는 음악을 손으로 만질 수 있을 것만 같아서다.

그대로 꿈, 그대로 쉼

벼룩시장

벼룩시장이라고 말하는 게 이해하기 쉬울 것 같다.
서울에 있는 서초구 사당복개도로 토요벼룩시장 같은 곳.

정말 말도 안 되는 중고물건들을 판다.
상상 이상의 물건들이 존재하는 곳.
이런 물건을 사는 사람이 있어? 라는 생각까지 들게 만드는 물건들.
그중에 필요한 것도 간혹 있었지만, 사고 싶은 물건은 별로 없었다.

그러다가 드디어 발견!
마음에 쏙 드는 가방이었다. 너무 사고 싶었지만,
중고 물건치고는 고가라 포기했다.

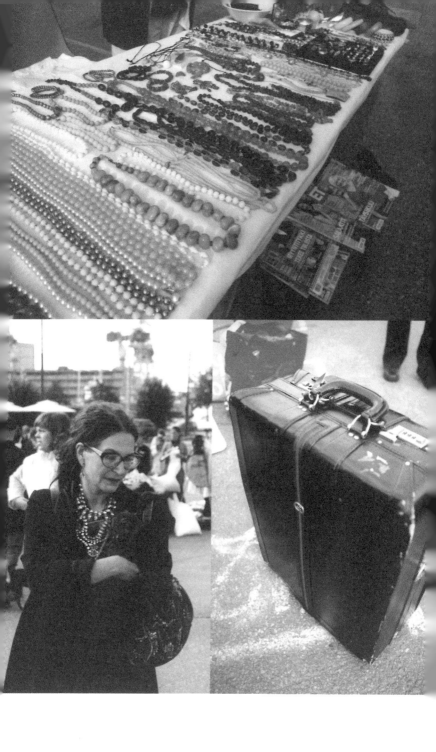

그대로 꿈, 그대로 쉼

+ 석훈이를 찾아라! 나는 어디 있을까요?

피부 관리 어떻게 하세요?

이런 질문을 받게 되면 난 솔직하게 얘기한다.
"팩을 자주 합니다."
깊이 패인 팔자주름을 위해 지푸라기라도 잡는 심정으로
시간이 날 때마다 반드시 팩을 한다.

핀란드 여행에서도 예외는 아니었다.

여행 준비물을 빼곡히 적어 놓은 종이의 일 순위 역시 팩이었다.

남자가 무슨 팩이냐고 하는 사람도 있겠지만. 난 정말 멋있게 늙고 싶다.

그리고 또 한 가지.

사실… 말하기 조금 창피하다.

아직까지도 내 자신과 타협되진 않은 부분이기도 하다.

무엇이기에 이렇게 뜸을 들이나 싶은데

바로바로 손톱 관리다.

손톱 관리의 시작은 콤플렉스에서부터였다.

내 손과 발은 보통사람들보다 유독 못생겼다.

학창시절 버스를 탈 때 일부러 손잡이를 안 잡을 정도였고

누군가 손금 좀 보자고 하면 소스라치게 놀라곤 했다.

발가락이 드러나는 신발은 당연히 잘 신지 않았고,

마음에 드는 신발을 발견하면 다시는 이런 신발을 못 찾는다며 색깔별로 샀다.

사실 발은 잘 안 보이니 신경을 잘 안 쓴다고 하지만 손은 그렇지 않다.

사람과의 대화에서 생각과 감정을 표현하고,

손의 위치와 모양에 따라 타인의 생각을 읽을 수 있다.

비즈니스의 기본으로 손의 정돈 상태를 보기도 한다.

그래서 더욱 손에 신경을 쓰게 되었고 아주 가끔 손톱 관리를 받는다.

난 자기 관리를 세심하게 잘하는 남자라고 얘기할 수 있는 그런 남자가 되고 싶다.

그렇다고 스트레스를 받으면 손톱 관리를 받으러 가는… 그런 남자는 절대 아니다.

오해하지 마시길.

카메라's

제 자식들 자랑 좀 하겠습니다.

팔불출이라고 놀리지 마세요.

그럼, 지금부터 소개 들어갑니다.

계약금 받고 산 5D와 24-70L

핀란드를 필름에 담고 싶은 마음에 충동 구매한 CONTAX T3.

서브 카메라가 필요했던 내게 다가와 준 RICOH GX-200.

내겐 너무 소중한 녀석들.

여행 내내 함께 고생한, 대견한 녀석들입니다.

태권도

숙소로 돌아가는 길.

창문에 흐르는 비가 너무 예뻐 셔터를 누르고 있었는데

차창 밖 건물 1층에 떡하니 태권도 학원이 보였다.

핀란드에서 애국심 발동!

여자는 체르니 100번, 남자는 태권도 1단이 기본이라고 하지 않았던가?

나는 유치원 대신 태권도장을 다녔다.

내가 어렸을 때는 지금처럼 유치원의 개념이 확실하지 않았다.

(이렇게 써놓고 보니 꽤나 나이 든 사람 같군. 흠흠)

어머니는 내가 빠른 84년생이라 83년 형님(?)들한테 맞을까 봐

걱정이 되셨단다. 그래서 유치원 대신 태권도장을 다녔다.

그 덕택에 난 맞고 다닌 적은 없었다.

어머니 고맙습니다.

베스트 컷
-찰나의 순간

놀이공원

가는 날이 장날이라는 말
누가 만든 말인지 모르겠지만 정말 딱 들어맞았다.

〈내부 공사 중〉

그렇다. 문은 굳게 닫혀 있었고 누구 하나 들어갈 수 없다는 얘기였다.
이렇게 허탈한 일이 또 있을까.
일주일의 핀란드 헬싱키 여행 중 가장 운이 나빴던 날이다.
날씨는 좋다 못해 땡볕이었고 놀이공원을 찾아 오르막을 헉헉대며
힘겹게 걸었는데 공사 중이라니!
축 처진 기분으로 놀이공원을 나와 태엽 인형처럼 걷기 시작했다.
삐걱 삐걱 앞으로 걷던 우리는 예쁜 정원을 발견했다.
시간이 흐르면 꼭 한번 살아보고 싶은 정원에서
놀이공원의 서운함을 아주 조금은 달랠 수 있었다.
지치고 힘 빠진 우리에게 보는 재미를 준 예쁜 정원, 그곳이 그립다.

택시

남자는 차에 대한 로망이 있다.
매끈하게 잘 빠진 녀석을 타고 그만큼 잘 닦인 도로를 질주하는
로망.
예민한 엑셀에 살짝 발을 얹는 순간 질주하려는 본능이 꿈틀대고,
묵직한 핸들이 주는 안정감, 낮게 깔리는 배기음에 마음이 설렌다.

나의 로망, 나의 드림 카를
이곳 헬싱키에서는 쉽게 발견할 수 있다.
그 이유는 이 세계적인 명차가 이곳에서는 택시이기 때문이다.
나의 드림 카가 헬싱키에서는 흔하다.
놀랍다. 타고 싶다.
아, 나도 어쩔 수 없는 남자다.

아이스크림 주세요

원로원 광장 앞에 있는 귀여운 아이스크림 자동차.

아이스크림 먹을 생각에 한껏 들떠 있던 내게 아저씨가 물었다.

"North Korea? South Korea?"

난 당황했다.

그리고 대답했다.

"North Korea."

한순간 웃음거리가 됐다.

겁먹지 말자. 석훈아!

이케아 매장

난 평소 건축과 실내 장식에 관심이 많다.

헬싱키에 이케아 대형 매장이 있다는 소식을 접수했다.

이유 불문! 무조건 가고 싶었다.

깜삐역 맞은편.

더 정확히 얘기하면 자동차 카페 맞은편에서 이케아 매장으로 가는 버스를 무료로 탈 수 있다. 비가 내리고 끈적이는 날씨였지만, 이케아 매장을 인터넷이 아닌 내 눈으로 본다는 생각에 이미 나는 한껏 들떠 버렸다.

나와 함께 여행 온 7명의 일행은 좋은 물건을 싸게 살 생각에 표정마저 비장했다.

무료 버스를 타고 약 40분 정도 걸려서 도착했다.

우와 진짜 크네!

그런데 갑자기 엄습하는 이 불안감은 뭐지?

아… 나 지갑 잃어버렸지!

진정 진정.

마음을 추스르고 매장 안으로 향했다.

이케아 사이트에서 보는 아기자기한 소품들은 자주 봐왔지만,

방 전체를 꾸며 놓은 것은 못 봤기 때문에 입구부터 흥미롭게 하나

하나 둘러봤다.

'아, 내 방을 이렇게 꾸몄다면 난 더 열심히 음악을 했을 거야.'

말도 안 되는 생각을 하며 하나하나 눈이 피곤할 정도로 둘러봤다.

조감독 민규 형과 둘이서 이곳저곳 열심히 둘러보고 있었는데 매장이 너무 큰 나머지 우린 길을 잃어버렸다.

2층에서 쇼핑하고 1층에서 계산을 해야 하는 시스템을 잘 몰랐던 우리는 나가서는 안 되는 문을 통해 1층으로 내려갔다.

갑자기 울리는 경보음!

경호원들이 부리나케 달려와 영어로 얘기하기 시작했다.

이럴 때일수록 정신을 똑바로 차려야 하는 법.

나는 차분하고 어수룩한 목소리로

"I'm sorry. I can't speak English."

영어를 못하는 척 더듬더듬 얘기했다.

그들은 내 영어실력에 그 자리에서 포기한 듯 조심하라고 경고를 주고는 사라졌다.

우린 그 이후 매장 안에 들어갈 수 없었다.

우리 두 사람은 허탈하게 웃으면서 매장 입구에 앉아 일행을 기다려야 했다. 조금은 아찔했던 그때, 부족한 내 영어 실력이 빛을 발하던 순간이었다. 핀란드 이케아 매장을 간다면 길을 잃어버리지 않게 조심조심 다니시길.

만약 길을 잃을까 걱정된다면 지나온 길에 **빵가루**라도 **뿌리시든가.** 하하.

삼촌

보고 있는 것만으로도 행복해서 눈물이 날 것 같다는 말.

무지무지 공감한다.

나에겐 두 명의 조카가 있다.

5살 연준이와 100일이 갓 넘은 호준이.

예전엔 몰랐는데 지나가다 아기들을 보면 어찌나 예쁜지.

사진에 있는 아기들을 보면 아빠가 되고 싶은 건가?

싶을 때도 아주 잠깐 있지만, 흐뭇하게 웃고 넘긴다.

조카가 생겨서 그런 것일까?

신문에서 유독 어린이를 대상으로 한 범죄에 눈길이 간다.

소중한 아이들의 미소를 지켜주고 싶다.

아이들에게 건강한 세상을 만들어주고 싶다.

전자 팔찌는 패션 아이템이 아니다.

나랏일은 개인 사업이 아니다.

살아온 햇수가 늘어난다고 함부로 '어른'이라 말하지 말기를.

남들과 같은 시간을 산다고 '사람'이라 말하지 말기를.

'인간' 대접을 못 받아 그렇다고 변명하기 전에 '인간'처럼 행동하기를….

자, 반성합시다.

전철에서 만난 사람들

몰래 사진을 찍는 나와 눈이 마주쳤다.
분명 내 얼굴엔 당황한 기색이 역력했을 테고
그런 나를 무안하지 않도록 미소를 보내줬다.
친절한 핀란드 사람들.
나는 그들의 미소가 좋다.

포토제닉

나는 사람이 좋다.
사람을 찍는 게 좋다.

오늘의 포토제닉
두두둥~
깜삐역에서 본 깜삐역 조니 뎁

이 남자,
100% 여자 만난다.

소년

핀란드에서 자주 볼 수 있는 것 중의 하나.
자전거나 보드를 타는 어린 친구들의 모습이다.
꾸미지 않았는데 어쩜 저렇게 귀여울까.
살짝 작은 듯하지만, 제법 어울리는 비니가 맘에 들었다.
그리고 누가 봐도 어린 소년들이 담배 피우는 광경을 볼 수 있다.
숨어서 몰래몰래 피우는 게 아니라
너무나 당당하게 담배 피우는 그 모습에
보는 내가 당황스러웠다.
그래서 물어봤다.
아무도 뭐라고 하지 않느냐고.
신경 안 쓴단다.
이건 아니잖아. 문화로 봐줄 수 없다.
그렇다고 내가 가서 뭐라고 할 수도 없었다.
말이 안 통하니 뭐….

환상의 커플

배가 고팠다.

여행에서 빼놓을 수 없는 즐거움 그리고 가장 중요한 것 중의 하나
허기를 채우는 것.
핀란드의 공기도, 하늘도, 구름도, 핀란드다운 풍경도
절대적인 식욕 앞에 잠시 뒷전으로 물러났다.
헝그리 정신으로 무장한 여행자가
물가 비싼 핀란드에서 무턱대고 첫 끼를 고를 수는 없는 법!
신중한 고민 끝에 결정한 것은 바로 커피와 케이크였다.
허기진 뱃속으로 커피 한 모금을 삼켰다.
헉, 순간 내 미각을 의심했다.
평소 커피를 좋아해서 나름 커피를 즐긴다고 생각했었다.
그런데 핀란드에서 처음 마신 커피 맛은
뭐랄까 커피의 향만이 진하게 나는 고약하게 쓴 물이었다.
마시던 취향과 사뭇 다른 커피에 놀라 케이크마저 입에 넣기 무서웠다.
한참을 망설이고 있자니 고약한 커피라도 일단 뱃속에 들어가 뱃속
을 한껏 자극한지라 배고픔은 극에 달했고, 결국 딸기 케이크를 입
에 넣었다.
텁텁했던 입속에 대반전이 일어났다.
부드러운 딸기크림과 딱딱한 빵의 절묘한 조화.

이상하게도 다시 쓴 커피 한 모금을 부른다.
순식간에 고픈 배를 달래주는 훌륭한 한 끼가 되었다.
이제 카페인과 당분을 섭취했으니까 움직여볼까?

아! 새삼스레 깨달은 진리

김밥과 라면
스테이크와 레드와인
커피와 케이크
= 환상의 커플!

아이

"엄마, 엄마, 엄마."
"안 돼."
"엄마, 저거 사주면 안 돼요?"
"안 돼."
"엄마, 나 저거 갖고 싶어, 사줘!"
"얘가 안 된다니깐 왜 이래! 빨리 집에 가자."

걷고 또 걷고 하염없이 걸었다.
두 개의 심장을 단 사람처럼 열심히 걸었다.
그나마 헬싱키가 작아서 망정이지, 지구력 딸린 나에겐 정말 다행이었다.
한참을 걷고 있는데 엄마와 두 아들이 장난감 가게 앞에서 얘기를 하고 있었다.

무슨 말을 했는지 나는 물론⋯ 알아들을 수 없었지만,
그들의 표정과 억양이 대충 상황을 짐작케 했다.
힐끔힐끔 곁눈질로 아이들을 바라보았다.
아! 장난감을 갈망하는 초롱초롱한 눈망울이란.
난 아이다운 아이가 좋다.

호기심이 왕성한 나이.
절제력보다 활동력이 강한 나이.
당연한 거 아닐까?
철없는 나이에 철없이 행동해야 어린이지!
난 말 잘하고 철든 아이들은 조금 그렇더라.

사주고 싶은 마음까지 들게 했던 두 꼬마!
시간이 많이 흘렀는데… 얘들아, 장난감은 샀니?

풍선

지나가버린 어린 시절에
풍선을 타고 날아가는 예쁜 꿈도 꾸었지!

글쎄… 난 안 꿔봤는데?

거울에 비친
너를 봐

가끔, 아주 가끔 모든 것을 내려놓고 싶다.
그리고 멀리 떠나고 싶다는 생각을 한다.

사실 꿈이 가수였던 적은 없었다.
노래하는 순간이 즐거웠다.
노래하고 싶어 하는 친구들을 도와주는 게 행복했다.
그것이 전부였다.
그때는 음악을 대하는 태도가 순수했다.
적어도 지금보다는….

너무 흔하게 들릴지 모르겠지만,
우연치 않게 생긴 오디션에 운 좋게 합격했다.
행복했다.
합격한 날, 달리는 차 안에서 몇 시간을 울었다.
드디어 앨범이 나왔고 내 목소리를 좋아해주는 사람들이 생겼다.
'교회 오빠'라는 이미지가 생겼고 바르게 살게 해줬다.

어느 순간 감당할 수 없는 만감이 몰아쳤다.
웃고 있지 않는 나를 발견했고
우울함에 사로잡힌 나를 발견했다.

거울에 비친 내 모습을 우두커니 바라보았다.
거울 속에 있는 나는
지쳐 있었고, 슬퍼 보였고, 불행해 보였다.
노래를 불러도 더 이상
홍대 작은 클럽에서 부르던 그때 같지 않았다.
힘들어도 노래를 배우겠다는 제자들을
8시간 넘게 레슨 하던 체력도 사라졌다.
내게 남은 것은 아무것도 없었다.
모든 것이 방전되었다.
감정도 체력도 열정도.

쉬고 싶었다.
그러나 쉴 수 없었다.
노래를 해야만 했으니까.
배부른 투정일 수도 있다는 생각이 들었으니까.
시간이 지나 모든 게 무뎌질 때쯤.
회사와 계약이 끝났고 맡았던 라디오 진행도 끝났다.

제대로 쉬고 싶었다.
자유를 외치며 하고 싶은 것을 다하기로 했다.
미친 듯이 먹고
미친 듯이 놀고
미친 듯이 자고
취할 때까지 술도 마시고
친구들과 여행도 다녔다.

다시 거울에 비친 내 모습을 봤다.
행복에 겨운 내 모습을 상상했다.

그러나 망가질 대로 망가진 내가 있었다.
사람답게 살고 싶어졌다.
다시 노래하고 싶어졌다.
나로 돌아오고 싶었다.

마음을 다잡았다.
건강한 몸을 만들기 위해 운동을 시작했고,
작곡, 작사 작업도 시작했다.
이제, 70% 완성됐다.
100% 결과물은 나의 음악에서 보여질 것이다.

사람은 누구나 자신이 얼마나 가치 있는 사람인지 모른다.
'자유'가 품고 있는 '책임'의 존재를 모르고,
분명 나를 제대로 바라보지 못했기 때문이 아닐까.
그리고 잘 살아온 나에게 선물을 주는 방법을 몰라서 방황을 했을지
도 모른다.
숨 가쁘게 살기만 한다면 가끔은 자신에게 선물을 주는 것도 좋다.

나를 컨트롤할 수 있는 사람은 그 누구도 아닌 나.
내 삶에 대한 열정이 꺼지지 않도록 항상 코인을 충분히 넣어줘야
한다.
카운트 끝나고 다시 코인을 넣으면 처음부터 다시 시작해야 하니까.

시간이
지나고

나에게 남은 시간은 얼마나 될까?
가수 이석훈이란 이름으로
살아갈 내 시간이 얼마나 될까?

다 이유가 있다

깜삐역 앞, 자동차 카페.

스치며 바라본 자동차 카페에는
커피의 쓴맛을 잊게 해주는 순수함이 있다.

그 잊을 수 없는 순수함에 이끌려
다시 돌아왔고, 그곳에서 그녀의 얼굴을 본 순간
그 커피가 가진 순수함의 이유를 알았다.

이름도 모르는 핀란드 그녀.
10분의 추억

작별.

그리고, 안녕

요가 화장실

걷다 보니 초록색 컨테이너가 보였다.
뭐지? 저 블록 장난감 같은 것은?
가까이 가서 보니 화장실!
화장실이 이렇게 예뻐도 돼?
역시 디자인의 나라 핀란드답다.
안을 들여다보니 스테인리스!
로봇이 튀어나올 것 같은 느낌이 절로 든다.
놀라움도 잠시,

분명 남녀공용인데 여자들은….

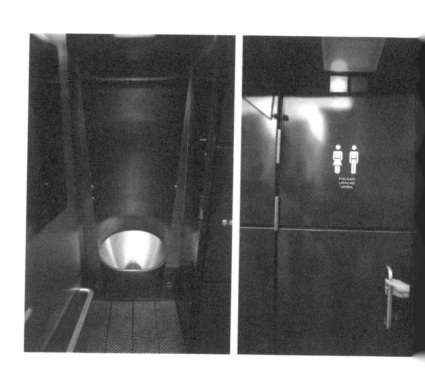

하고 싶은 말

그대라서 다행이라는 말
그대라서 행복하다는 말
나는 그대라서 늘 벅차오른다는 말
내겐 차고 넘쳐서 미안하고 참 고맙다는 말
사랑한다는 말 늘 그립다는 말
곁에 있으란 말 그댈 만난 건 기적이라는 말
세상이 휘청이고 눈물이 흐를 때도
나는 영원토록 그대 곁을 지키고 싶다는 말

—이석훈, 「하고 싶은 말」 가사 중에서

아이스하키

핀란드의 인기 스포츠는 바로 아이스하키.

한국에서는 비인기 스포츠지만, 핀란드에서는 한국의 야구와 비슷한 수준의 인기 스포츠다. 아이스하키의 인기는 길거리에 걸려있는 아이스하키 게임 플래카드만 봐도 어느 정도인지 실감할 수 있다.

아이스하키장에 갔을 때 꼬마 아이들이 연습을 하고 있었다.

꼬마들이 하면 얼마나 할까 생각했는데 아주 큰 오산이었다.

퍽을 때리는 소리가 클럽 안을 쩡쩡하게 울렸고, 연습 경기인데도 아이들의 몸에서 피어나는 열기에서 그들 나름 치열한 경기를 치르고 있음을 짐작케 했다.

나는 아이들의 움직임에 몰입할 수밖에 없었다.

아이들의 경기를 관람하고 클럽 안을 구석구석 돌아보고 나올 때 만난 감독님이 모자와 옷을 선물해주셨다. 뜻밖에 좋은 경기를 본 것도 행운이라 느끼던 차에 선물까지 받고 뿌듯한 마음으로 경기장 밖을 나섰다.

프로 선수들의 경기는 보지 못했지만, 핀란드 여행에서 아이스하키 경기를 보는 것도 새로운 기억이 될 것 같다.

비오는 날

달리는 차창에 떨어지는 빗물을 보는 게 좋다.
비오는 날 창문을 열고 비 냄새를 맡으며 달리는 게 좋다.
차 안에 누워 선루프 위로 떨어지는 비를 보며
이소라의 6집 앨범 「눈썹달」을 듣는 게 좋다.
제각기 자신의 성격을 보여주는 듯한 우산을 쓰고
조심조심 걸어가는 그 뒷모습을 보는 게 좋다.
미친 척 우산 없이 길거리를 뛰어다니는 게 좋다.

내리는 비를 보면 한없이 감상에 젖는, 내가 좋다.

순전히
본능

나도 남자다.

어느 순간 이상형인 여자에게 시선이 꽂힌다.

남자의 본능이다.

이번 여행에는 카메라도 시선 따라 같이 움직인다.

이상하게 생각하지 말자.

아름다움을 좇는 것은 인간의 본능이다.

먹어야 산다

정직하고

정확하고

본능적인

…

식욕

뭐가 맛있느냐고?

깜삐역 뒤쪽에 있는 스테이크 전문점을 추천해.

누누이 말하지만, 물가가 비싸서 여행자가 경비를 줄일 수 있는 가

장 쉬운 방법은 식비를 줄이는 거잖아. 그래서 사실은 햄버거가 나

의 주식이었지. 그런데 여기, 깜삐역 뒤쪽에 있는 스테이크 전문점은 정말 맛있어. 외관이 고급스러워서 조금 망설여질 수도 있어. 그래도 여행인데 한 번쯤 분위기 좋은 곳에서 그 나라 음식을 먹어 보는 것도 중요한 일이라고 생각해.

핀란드는 순록고기가 유명해.

맛은… 맞다! 우리나라 순대의 간과 비슷한 맛이야.

한번 도전해 보라고. 그리고 양이 많은 스파게티도 별미야.

쓰레기통

버려야 할 것들이 많아진다.

그만큼
버릴 수 없는 것들도 많아진다.
버리지 못하는 것들도 많아진다.

욕심 때문에
미련 때문에
기억 때문에
추억 때문에
아픔 때문에
때문에
때문에
때문에

...

수많은 이유와 핑계 속에 묻혀 살아간다.
버리고 싶어도 버릴 곳을 잃어버리게 된다.

Pidä kaupunki
siistinä!
Håll staden ren!
Keep the City Clean!

JÄTEPÖRSSI

빨간불

벌써 5년째가 되어가네요.

그렇게 5년이란 시간을 보내며 크고 작은 실수들로 주변 사람들을 걱정시킨 적이 있었죠.

사람이니까 그럴 수 있다고 생각했지만, 연예인이니까 그러면 안 되는 일들이 되어버리더군요. 그때마다 연예인으로 살아간다는 게 참 어렵다는 걸 알았죠.

얻는 것이 많은 만큼 어느새 생겨버린 이미지에 맞는 삶을 살아야 하고, 해서는 안 되는 일들이 점점 불어나요. 그러다 보니 숨어 다니게 되고, 모든 것이 비밀이 되어 버렸죠.

유명해질수록 깊은 동굴 속으로 숨어드는 박쥐가 되는 느낌이 들더군요.

특별해서 유난 떠는 게 아니에요.

연예인이라고 유세 떠는 게 아니에요.

그냥 평범한 사람이라서 그래요.

가끔 빨간불일 때 앞으로 가려고 하면 뒤에서 욕하지 말고
놀라지 않게 뒤에서 안아주세요.

놀라서 앞으로 뛰어나갈 수도 있으니까요.

아빠로 산다는 것

아빠는 강하다고 생각했다.
내가 아주 어렸을 때,
아빠는 모르는 게 없는 척척박사였고
무거운 것도 번쩍번쩍 드는 천하장사였다.

그런데 부쩍 늘어난 아버지의 흰 머리카락을 보면
뭔지 모를 감정이 밀려온다.
부정하려고 한다. 부정하고 싶다.
옛날 사진을 꺼내본다.
우리 아버지만은 세월이 비켜가길 바라며.
그러나 내가 자란 시간만큼 아버지의 시간은 흘렀고,
그런 아버지의 모습을 인정하고 받아들이는 데
시간이 꽤 많이 걸렸다.
아버지의 지난 시간들,
아버지와 내 삶이 겹쳐진 시간들,
아버지의 다가올 시간들
난 그 시간들을 오롯이 받아들일 것이다.
나도 언젠가 아버지의 시간을 살아갈 테니까.

사랑한다면
이들처럼

이들의 당당한 사랑이 부럽다.
사랑하니까 그 마음을 표현하는 연인의 모습이 좋다.
거리에서 사랑을 표현하는 연인들을 보면
가끔 나 자신이 부끄러워질 때가 있다.
들키지 않을까 조심스럽게 만나야 했던 여자 친구에 대한
내 사랑에 자신이 없어서가 아니다.
사랑하는 사람과 주변 사람들이 불편하거나
불행해지길 원치 않았기 때문이다.
주변의 만류도 있었다.
분명 그들의 만류에는 그럴 만한 이유가 존재했다.
그리고 지금도 용기가 부족하지만,
언젠가 다시 사랑하는 사람이 생긴다면
나도 이들처럼 당당하게 사랑하게 되겠지.

"연애합니다."

당당해지는 그날
아낌없는 박수 부탁합니다.

멋쟁이 기타리스트

나도 왕년에 잘나갔던 사람이라고!

카메라를 보자마자 그의 연주는 시작됐다.
그에게 장소, 관객 따위는 중요하지 않았다.
다듬어지지 않는 목소리
튠이 정확하지 않은 기타 연주
사람들이 그의 음악을 스쳐지나가도
그의 노래는 계속되었고
신기하게도 편안함이 밀려들었다.
연주가 끝나고 나는 아낌없이 박수를 쳤다.
그는 나에게 멋진 미소를 날렸다.
지금도 그곳에서
그는 끊이지 않는 연주를 하고 있을까?

그의 열정을 닮고 싶다.

당신의
자리

온통 내 걱정만이 삶의 이유였나요?
당신보다 더 소중했나요?
나는 그런 당신께 해드린 게 없네요.
후회뿐인 나를 용서해요.
흐르는 시간을 멈출 수 있다면
하루만 더 함께 할 수 있다면
아니, 아니 당신의 자리만 지킨다면 난 뭐든 할 텐데
잊고 지낸 추억이 아픈 만큼 꿈만 같던 순간이 난 그리워
다만, 다만 내 옆에 있어줘

—이석훈, 「당신의 자리」 가사 중에서

그대로 꿈, 그래도 쉼

프로 정신

일석 삼조!
여행, 앨범 재킷 촬영, 영상 촬영을 한번에!
사진으로 보면 참 어색하고 웃음이 나온다.
가수는 포즈를 잡고 많은 스태프들은 고생하고…

다 여러분이 차려주신 밥상에 저는 숟가락만 얹었습니다. 하하.

S.E.S

삼삼오오 모여 다니는 건 국적을 불문하고 똑같은 것 같다.
어린 친구들이 한껏 멋을 부리고 쇼핑몰에 모였다.

나만 그럴까?
지금도 여자 세 명이 함께 지나가면 S.E.S가 생각난다.
그리고 나의 기억은 1997년으로 돌아간다.
레코드숍이 많았던 그때, 길거리에는 S.E.S의 음악이 흘러넘쳤다.
학교에서는 S.E.S의 멤버 유진, 바다, 슈를 놓고 혈기왕성한 사내
녀석들의 유치한 싸움이 자주 벌어졌다.
미인을 얻기 위해 반드시 치러야 하는 숭고하고도 결연한 결투였다.
적어도 그때는.

S.E.S는 질풍노도의 몸살을 앓던 내 중학교 시절,
눈과 귀를 열어 주었다.
핑클이 나오기 전까지….

내 모습을 봐

카메라만 들면 발동하는 버릇

셔터를 누르기 전
항상 거울에 비친 내 모습을 화각에 담는다.
난 이 버릇이 좋다.
나도 모르게 무언가 다짐하는 것 같은 느낌,
이 순간이 좋다.

오른쪽 눈에만 내 모습을 담을 수 있는 순간.

꼭 잡아 줄래요?

도로 쪽으로만 걷던 나는 너무 각진 것만 찍어서 그런지 눈이 피로
했다.
마침 공원이 보였고 자연스럽게 공원을 향했다.
공원을 따라 걷던 길, 그 길을 따라 흐르던 시야가 한 곳에 멈췄다.
도로에 그려진 엄마와 아이의 픽토그램.
차가운 시멘트 도로에서 혹 따스한 열기가 올라오는 듯했다.
나는 왠지 두 모자를 밟으면 안 될 것 같아 슬그머니 옆으로 돌아갔다.
그러고 보니 엄마랑 손잡고 다녀본 게 언제였지?

갑자기 엄마가 보고 싶어졌다.

그대로 꿈, 그래도 쉼

어떤
인생을
꿈꾸나요?

누구나 꿈을 꾼다.
그것이 내 인생에 대한 로망, 열정, 목표, 기준이 된다.
그리고 그 꿈과 가까워지기 위해 오늘 하루를 살아간다.

그들의 꿈은 무엇일까?
남부럽지 않은 여유로운 삶일 수도,
하루하루 행복한 일을 하면서 살아가는 삶일 수도,
건강하고 행복한 가정을 만들어 나가는 삶일 수도 있다.
어떤 꿈이든 그들에게는 성공의 중요한 척도가 된다.
살아온 삶이 다르기에 성공에 대한 정의도 다를 수밖에 없다.

나의 삶, 내가 꿈꾸는 삶.

나는 걱정 없이 행복한 삶을 살고 싶다.
소박하지만 어려운, 행복한 삶을 살고 싶다.
그래서 꿈꾸는 인생을 위해
노력이란 단어를 함부로 남발하는 중이기도 하다.

당신은 어떤 인생을 꿈꾸나요?

Keep going

한 친구가 뜬금없이 나에게 이런 말을 했다.

"넌 좋겠다. 네가 하고 싶은 일이 직업이라."

늘 웃기 좋아하던 친구의 얼굴이 퍼석하게 굳어지는 걸 느꼈다.

친구 녀석의 심상치 않은 분위기에 평소 같았으면

장난 섞인 말로 쫙 당겨진 분위기를 싹둑 잘랐겠지만,

그날만큼은 그럴 수 없었다.

하고 싶은 일을 못 하며 살아가는 삶!

그게 쉬운 일이 아니란 걸 새삼 느꼈다.

하나 둘 사회생활이란 것을 하게 되면서

"난 이거 말고 다른 거 하고 싶어."
"난 과거로 돌아가면 이 일은 절대 안 해."
"결혼만 안 했어도."
갖은 푸념으로 지구 한 바퀴를 돌릴 기세다.

하고 싶은 일을 지금 시작하면 왜 안 된다고 생각할까?
상상력이 풍부해진 우리는 겁부터 낸다.

잘 생각해보자. 성공한 삶을 산 사람들의 인생.
그들 중 쉽게 인생을 살아온 사람들은 아무도 없다.
굶어 죽을까 봐 겁나는가? 걱정 마라.
죽을 힘 다해 최선을 다하면 당신들이 원하는 성공은 따라온다.
겁내지 말고 자신이 원하는 길을 가라. 후회하지 말고!

하지만… 음치가 가수를 한다면 난 반대다.

메리 크리스마스

솔직히 나는 핀란드가 산타의 나라라는 것을 이곳에 오기까지 몰랐다.
너무 일찍 아빠가 산타였다는 사실을 알았기에 산타는 이미 나에게
KFC 할아버지 같은 느낌이었다. 관심이 없었다는 뜻이다.
그렇다고 동심 없는 불쌍한 유년기를 보냈다는 것이 아니다. 단지
산타 분장을 한 아빠를 실망시키지 않으려는 효심에서 모르는 척 재
밌게 놀았으니까.

일정상 로바니에미의 산타 마을을 갈 수 없었다.
그러나 걷다가 우연히 산타 매장을 발견했다.
여행자에게 망설임 따위는 사치다.
무조건 들어가고 보는 거다.

우와! 너무 예쁘잖아.

매장도 어찌나 큰지 지하 1층과 지상 1층을 빈틈없이 활용하고 있
었다.
지상 1층은 노란색 할로겐 조명을 사용해서 상품을 더욱 고급스럽
게 해줬고 지하 1층은 사방천지가 방금 눈이 내린 것같이 하얀색으
로 뒤덮여있어 판타지 영화에나 나올 법한, 한겨울 눈 덮인 설국과
같았다.

잊고 있었던 동심이 살아난 날.

여행이란 이런 게 아닐까?
미래만 보는 우리에게 과거를 돌려주는 의식.
다른 이에게 말하기 민망할 과거라도 그것은 역시 나의 일부고,
그 시절 나는 지금의 나보다 순수했다는 것을
잊지 않고 살았으면 좋겠다.

남자들의
우정

친구.
나에게 친구란 인내심과 참을성이다.
친구가 왜 인내심과 참을성이냐고?
이렇게 얘기하면 대체 어떤 녀석들일까 궁금하겠지?
그들은 정말 말썽꾸러기들이다.
이 친구들 덕에 학창시절부터 많은 것을 경험했다.
(자, 상상은 여러분 몫입니다. 마음껏 하세요. 하하.)

전혀 다른 개성의 친구들을 이해하지 못했고, 나와 달라서 싫었고
그래서 더 많이 싸웠지만, 남자들의 우정 때문이라고 해야 할까?
어느새 그들은 내게 스며들어 있었고 나도 그들에게 스며들었다.
그리고 우정이라는 감정 속에 쌓아둔 많은 기억과 추억들이 지금의
나를 만들었다.
그들을 통해 나는 많은 것을 느끼고, 배우고, 변했다.
화를 잘 내지 않는 사람이 되었고 인내심과 참을성이 생겼다.

서른 즈음,
이제 말썽 많이 피우던 녀석들이 하나 둘 결혼을 한다.
그리고 이제 유부남이 된 녀석들이 철이 들었단다.
철이 들었다는 그들의 말 속에 삶의 무게가 느껴지기 시작했다.
철이 들고 안 들고 가 뭐가 중요해?
어쨌든 우린 친군데.
친구들아! 정말 고맙다.

이번에도
부탁해

안경을 벗으면 가수 이석훈이 아니다.

얘기인즉슨 이렇다.

데뷔 초, 프로필 사진을 찍을 때였다.

"석훈이 안경 써봐."

회사 대표님의 한마디가 지금의 나를 만들었다.

사실 난 시력이 매우 나쁘다. 그래서 대학교 때까지 안경을 썼다.

시력이 나빠 두꺼웠던 안경알 때문에

돋보기안경을 낀 듯한 모습이 너무 싫어 렌즈로 바꿨고

다이어트를 하면서 인생이 새로워졌다.

그땐 정말 지긋지긋했던 안경이

지금 나에게 중요한 존재가 돼버렸다.

예전에 한 방송에서 이런 말을 한 적이 있다.

"안경, 네가 없는 나는 가수 이석훈이 아니야. 그냥 우리 엄마 아들이야."

장난삼아 한 얘기가 며칠 전 실제로 벌어졌다.

편의점에서 물건을 사고 계산을 하려고 점원에게 다가갔다.

거짓말처럼 점원은 내가 나오는 방송을 보고 있었고 그럼에도 안경을 안 낀 날 몰라보는 게 아닌가.

편의점을 나와 엄청나게 웃었다.

난 정말 엄마 아들이었다.

'이런 추억덩어리 안경! 너와 헤어지려 몇 번 노력했지만, 주변 사람들 충고로 헤어질 수 없었어. 그들의 말이 맞아. 난 네가 필요해.'

이번에도 잘 부탁한다.

지쳤어
지쳤어

대통령궁에서 깜삐역 쪽으로 조금만 걷다보면 공원을 둘러싸고 다양한 오프라인 매장들이 있다. 한집 걸러 한집 커피숍이 있는 우리나라처럼 커피숍이 많지 않지만, 군데군데 헬싱키의 여유를 즐길 수 있는 커피숍이 있다. 섬을 다녀온 우리는 지칠 대로 지쳤고 눈에 띄는 커피숍으로 돌진했다. 커피숍을 점령한 우리의 모습은 '너부러지다'라는 동사가 딱 어울렸다. 한참을 그렇게 넋을 잃고 앉아 있다가 우리는 자리를 옮기고 나서야 알았다. 카페테라스에 앉아있음에도 염치없게 그 누구도 커피 한 잔도 시키지 않았다는 사실을.

낯선 곳에서 맞는 첫날의 기억이, 무척 씁쓸했나보다.

숨은
실력자

깜삐역 광장에서 정체를 알 수 없는 행사가 열렸다.

무대에서는 핀란드 힙합가수가 한껏 솔을 뽑아내며 랩을 하고 있었다.

우리는 자연스럽게 공연을 즐겼다.

그런데 그때,

갑자기 무대 아래에서 공연을 즐기던 한 남자가 춤을 추기 시작했다.

춤을 잘 모르는 나지만 누가 봐도 보통 실력자는 아니었다.

주변 사람들은 그에게 무대로 올라가라고 소리를 질렀고 그는 조금

망설이더니 계단을 올랐다. 그리고 래퍼들의 목소리마저 몸으로 집어

삼켜 버리듯 반복되는 안무 없이 아주 깔끔하고 담백하게 춤을 췄다.

어떻게 보면 이 남자의 행동은 가수들의 공연을 방해한 것이기도,

아니기도 했다.

무슨 말을 이렇게 복잡하게 하는지….

분명 그 무대는 가수들의 무대였다. 그들 역시 자신의 무대이기에

열정을 다해 좋은 공연을 보여주었다.

자신의 공연에 몰입하고 있는데 누군가 자신의 공간에 불쑥 뛰어든
다면?
가수로서 유쾌하지 않았을지도 모른다.
그러나 그 가수는 프로답게, 음악을 즐기는 사람답게,
진정 자유로운 음악, 힙합 정신에 맞게, 춤을 추던 한 남자와 함께
더욱 멋진 공연을 만들어 냈다.

무대는 가수만 오르는 곳이 아니다.
끼와 재능이 있는 사람이라면 언제든 열려 있는 공간이다.
그 의미를 가수와 춤을 추던 남자가 보여준 게 아닐까?

만약 내 공연에서 이런 일이 벌어진다면…

난 어떻게 했을까?

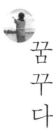

꿈
꾸
다

사람들이 네게 원하는 것보다 네 자신이 원하는 걸 해봐.
사람들이 널 미쳤다고 생각하더라도 그건 시점의 차이일 뿐이니까.

–파울로 코엘료, 「베로니카, 죽기로 결심하다」 중에서

그렇다.
각자의 꿈에 순서 따위 매길 순 없다.

보람 있잖아

보람.
모든 일을 마친 후 느껴지는 달콤한 느낌.

직업 특성상 꽤 오랜 시간 동안 밤샘을 할 때가 많다.
새로운 곡을 쓸 때나, 화보를 찍을 때나, 공연 연습을 할 때처럼.

사람들은 이런 내게 늘 같은 것을 묻는다.

안 힘들어?

그럴 때마다 나는 늘 같은 대답을 한다.

보람 있잖아!

내 오랜 고민과 노력 끝에 나온 결과물에 대한 대중의 사랑보다 한 발 먼저 느껴지는, 그 기대를 담은 '보람'은 느껴보지 않은 사람들은 모른다. 그 달콤함을….

악마가 준 가장 달콤한 선물, 보람.

동네

나는 한동네에서 오래 살아본 적이 없다.
이유가 있어서 이사를 많이 다녔던 것은 아니다.
모르는 사람과의 첫 만남이 늘 어색하듯 처음 이사 온 동네는 항상
불편했다.

핀란드도 예외는 아니었다.
처음엔 모든 게 어색했다.
며칠이 지나서야 헬싱키가 인천처럼 내 동네와 동네 사람들을 보는
듯한 느낌으로 다가왔다.

아쉽지 않게 모든 걸 느끼고 왔다고 생각했는데,
책을 준비하는 지금 모든 게 너무 아쉽다.
마치 이사하기 하루 전 집에서 자는 기분이랄까?

그대로 꿈, 그래도 심

너는
아름답다

그 누구도 너처럼 빛날 수는 없단다.
지금 너의 그 모습들은 너여서 아름답다.
나여서… 아름답다.

– 이은미, 「너는 아름답다」 가사 중에서

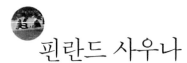

핀란드 사우나

우리의 핀란드 여행 스케줄은 대체로 다음과 같다.

돌아다니면서 밥 먹기.

또 돌아다니다가 밥 먹기.

그러다가 날이 어두워지면 호텔에 들어와서 사우나하고 일과 끝!

첫째 날, 처음 사우나는 그냥 그랬다.

그런데 이상하게도 두 번째 날부터 사우나를 하려고 호텔에 일찍 들어갔다.

핀란드는 화강암이 많은 나라다.

그래서 그런지 화강암 바구니에 물을 뿌려 그 수증기로 사우나를 즐긴다. 3가구당 1가구는 집에 사우나 시설이 있다. 그만큼 사우나를 사랑하는 나라다.

나는 주로 호텔 사우나를 애용했다.

처음 사우나에 들어갔을 때는 호텔 사우나니까 당연히 사우나의 규모가 한국의 큰 사우나 정도는 되겠지 하는 생각이 들었다. 그런데 이게 웬걸, 막상 들어가 보니까 4~6평 정도의 아담한 크기였고, 계단식 의자 형태로 이루어져 있었다.

이미 안에서는 핀란드인 몇 명이 맥주를 마시며 사우나를 즐기고 있었다. 그 모습을 보면서 어쩌면 이것이 이들의 놀이문화일 수도 있겠다는 생각이 들었다.

그런데 사우나에서 맥주를 마시는 게 위험하지 않나?

사우나에서 재미난 경험도 했다.

타인의 특유한 체취 때문에 몇 시간 동안 들어가지 못한 적도 있었고, 괜스레 오기가 발동해서 외국인들과 사우나 안에서 보이지 않는 참을성 테스트가 벌어지기도 했다.

우리나라 남자들만 그러는 게 아니었다. 세상 남자들은 참 쓸데없는 것에 승부욕을 느낀다.

나? 난 어땠냐고?

나야 당연히 진작에 두 손 두 발 다 들고 사우나를 탈출했지.

길을 찾지 못하는
너에게

시간이 흐르고 자연스럽게 어른이 되어버렸다.
내 얼굴이 새겨진 주민등록증이 생기던 그날은
어른이 되었다는 가슴 벅찬 감정이 뭉클뭉클 차올랐었다.
그러나 나는 아직도 진짜 어른이 될 준비가 되지 않았다.
지치고 힘들 때 누군가의 어깨에 슬며시 기대고 싶다.
도망치고 싶을 때도 있다.

진짜 어른이 되어야 하기에 우리는 길을 잃는다.
가야 할 길, 가고 싶은 길, 가야 했던 길….
어쩌면 지금도 길을 찾지 못하고 두리번거리는 것은 당연할지도 모른다.

어쩌면 삶이란 사는 동안 잃어버린 길을 찾는 것이 아닐까.

파프리카의
효능

파프리카가 몸에 좋다는 것은 많이 알려졌다.
색깔별 효과에 대해서 살짝 알고 가는 것도 나쁘지 않겠지?

여기 주목!

빨간색: 성장기 어린이와 성인의 골다공증 예방에 좋아요.
노란색: 비타민이 풍부하고 고혈압, 심근경색, 뇌경색에 좋아요.
주황색: 눈과 피부 미백, 피부 탄력에 도움을 줘요.
초록색: 내장지방 증가를 억제해주고 소화촉진에 도움을 줘요.

요즘 주변 사람들이
비타민제를 하도 많이 복용하기에
한가득 싱싱하게 빛나는 파프리카를 보고
문득 떠올라 적어봤어요. 하하.

아오리 사과

아오리 사과가 참 좋다.
가을철에 나는 부사도 맛있지만,
여름에 먹을 수 있는 아오리 사과가 더 좋다.
왠지 더 귀해 보이고 부티 나잖아!

아오리 사과를 핀란드에서 만나다니.

와삭, 한 입 베어 물고 싶다.

통
하
다

음악
대화
그리고
음악에 대한 이야기가 흐르는 시간

음악의 장르가 다르고
서로의 음색이 다르고
음악에 관한 생각이 달라도

음악을 좋아하는 마음이 좋고
깊은 울림이 좋고
편안하게 만드는 감정이 좋다.

음악으로 깊은 감성이 통하던 순간.

새벽형
인간

지금 작업을 하는 이 시간도 새벽.

예전에는 새벽형 인간으로 사는 게 당연했다.

예술 하는 사람은 빛을 보면 안 된다는 어리석은 생각.

그런 내가 불과 몇 달 전만 해도 완벽한 아침형 인간으로 탈바꿈했다.

아침에 일어나 세끼를 꼬박 챙겨 먹고, 운동하고, 작업도 하면서

내가 추구하는 건강한 삶을 살고 있었다.

일부러 노력한 건 아니었지만, 쉬다 보니 자연스럽게 변해갔다.

그러나 다시 곡 작업을 시작하면서 자연스럽게 새벽형 인간으로 돌아왔다.

내 몸이 그렇게 맞춰져 있는 것 같다.

창작할 때는 무조건 새벽형 인간으로….

그렇다고 몇 달 사이에 계속 바뀌는 내 패턴이 싫지 않다.

집중과 감성이 필요한 지금

난 새벽이 좋다.

지금 시각 새벽 4시 34분.

무서워

바닥의 허전함을 설마 이렇게 표현했을까?
이런 것도 디자인인가?

절대
조급하지 않게

점점 더 빨라지고
점점 더 빨라야만 하고
빠른 것을 좋아하게 만드는 이곳이 미워진다.

가끔은 느긋하게 모든 일을 즐기면서 하고 싶지만
그렇게 도와주지 않는 이곳.

사랑만큼은 천천히 하고 싶은 우린
자연스럽게 세상의 흐름에 물들어간다.

달려라
달려

깜빠역 뒤쪽의 다듬어지지 않은 시멘트 길을
5살쯤 되어 보이는 남자아이가 당당하게 애마를 운전하고 있었다.
파란색 휠이 어찌나 날쌔 보이던지….
이 아이가 커서 퀵보드가 유치해지고 옵션 가득한 자동차를 탈 때에도
지금의 마음을 잃지 않았으면 좋겠다.

"난 어떤 길을 만나도 달릴 수 있다고!"

작은 선물

난 아기자기한 걸 좋아하는 편이다.

집에 있는 빨간색, 검은색 가위를 보면서 다른 가위는 상상해본 적도 없었다.

이건 꼭 사야겠다는 강한 충동과 함께 벽에 걸려있는 가위를 내 스타일대로 고르기 시작했다. 색깔에 맞춰 줄 사람들을 생각하면서 하나하나 고르다 보니 괜스레 행복해졌다.

핀란드에서 처음 산 선물.

패션 피플

라디오를 진행한 2011년 4월부터 매달 잡지를 읽었다.

패션에 관심이 있어서라기보다는 청취자들의 애기를 들어주고, 공감해야 해서 다양한 분야를 한 번에 볼 수 있는 잡지를 보기 시작한 것인데 공부하는 학생의 마음으로 하나하나 읽었다. 그러다 보니 자연스럽게 쭉쭉 뻗은 모델의 모습에 반하게 되고. 그들이 걸친 의상에 관심을 두게 됐다. 뭐… 지금도 옷은 잘 입는다고 할 수는 없지만, 나름 보는 눈은 높아졌다.

내가 만난 핀란드 사람들은 개성이 넘쳤다.
어쩜 그렇게 센스 넘치는 사람들이 많은지 디자인의 나라답게 컬러를 선택하는 그들의 안목과 자신에게 맞는 컬러를 선택하고 때론 과감한 컬러를 소화하는 그들의 멋스러움을 정말 닮고 싶었다.
명품을 잔뜩 걸친 사람들보단 적당한 가격의 옷을 자신의 자신감 넘치는 감각으로 커버하는 이들이 진짜 패션 피플이 아닌가 싶다.

디자인 쇼핑몰

옷 대신 가구 소품을 파는 곳.
맛있는 뷔페가 있고, 서점이 있고,
무엇보다 멋있고 아름다운 디자인에 더 배가 부른 곳.

많은 쇼핑몰 중에 한 곳을 꼽으라면
단연 최고는 이딸라 디자인숍!
그냥 지나칠 수가 없다.
색감이 화려한 물건들로 눈이 피곤할 법하지만
군데군데 무채색의 장식품들로
피로감이 전혀 들지 않았다.

애니메이션같이 진열된 모든 물건에는 생동감이 넘치고
나의 구매 욕구를 한껏 자극했다.

핀란드는 물가가 비싼 나라이기도 하지만,
엄청난 충동구매의 욕구를 불러일으키는 나라인 것 같다.

louis
poulsen

Finlayson

i iittala
OUTLET

트램을 타고

버스에 피곤한 몸을 기댔던 옛날 생각이 났다.

그때도 이렇게 편안하고 안락했었는데….

닭둘기가
낫다

앨프레드 히치콕 감독의 영화 「새」가 떠올랐다.
새의 지저귐과 푸드덕거리는 날갯짓.
그 소리만으로도 공포를 느끼기에 충분했던 영화.
그 영화의 공포를 헬싱키에서 느꼈다.

깜삐역 주변 카페에 앉아 이런저런 대화를 나누며 점심을 먹고 있었다.
옆 테이블의 사람들이 자리를 비웠고 삽시간에 새떼가 몰려들었다.
전투적으로 날아든 새들은 남은 음식 부스러기를
열심히 쪼아 먹었고 쫓으려 하자 무섭게 덤볐다.
깜삐역 주변 카페에서 여유를 즐기고 싶다면 항상 자리를 지켜야 한다.
언제 새떼가 내 점심을 공격할지 모르니까.
난 새가 무섭다는 것은 알고 있었지만, 새들이 감자튀김을 그렇게
좋아하는지는 그제야 알았다.

사랑이란

죽을 때까지 모르는 것.

쉽게 생각해서는 안 되는 것.

나이가 들어도 답을 찾을 수 없는 것.

수많은 정의가 있어도 공감하지 못하면 그것은 정답이 아닌 것.

때로는
유치하게

"내가 널 사랑하는 마음은 이 바다보다 깊어."
"저 넓은 바다만큼 널 사랑해."

손발이 오글거리는 유치한 상상.
연인들의 데이트하는 모습은 참 부럽기도 하지만,
무슨 얘길 하는지 매번 궁금하다.
무슨 얘길 하고 있을까?

사랑하는 사람과 저 자리에 앉아
저들처럼 데이트할 수 있는 그런 날이 올까?

사람, 들

물건을 파는 사람들
하나하나 꼼꼼하게 물건을 고르는 사람들
아이들과 소중한 시간을 보내는 사람들
그들의 풍경을 이채롭게 바라보는 우리와
우리의 모습을 신기하게 바라보는 사람들

따사로운 햇살이 그들의 미소와 닮았던 그날

그립다

여행의 즐거움

무작정 걸을 수 있다.
걷고 또 걷다 보면
평소에 무심히 지나쳤을 소소함을
발견할 수 있다.
지금 내가 있는 '여기'도
내가 떠나온 '거기'와
별반 다르지 않다는 것을 알게 된다.
그리고 '여기'에서 발견한 소소함이
'거기'에 두고 온 추억과 이어진다.

길을 걷다 레코드숍 앞에서 걸음을 멈췄다.

갑자기 옛날이 그립다.

레코드숍 전축에서 흘러나오는 음악을 귀 기울여 듣던 때.
레코드숍 유리창에 붙어있는 가수의 포스터를 보며 꿈을 키웠던 그때.
CD플레이어를 들고 다니며 뮤지션들의 모든 것을 들을 수 있었던
그때가 너무 그립다. 중 · 고등학교 때만 해도 레코드숍을 찾는 게
그렇게 어렵지 않았는데….

다시 그렇게 되진 않겠지?

그녀,들

이왕 찍을 거 잘 찍어 볼 걸.

다시
안녕?
안녕!

집으로 돌아가는 길이 이렇게 아쉬울 수 있을까?
비까지 오는 핀란드.
며칠 동안 이곳에서 지내면서 한 번도 한국에 돌아가고 싶다고 생각
한 적이 없었다.
그만큼 이곳은 조용한 걸 좋아하는 나에겐 더없이 좋은 곳이었다.
출발하기 전에 비우고 갔던 경험바구니는 이미 꽉꽉 다 찼고 넘쳐
흘렀다. 친절한 사람들의 따뜻했던 미소, 낮고 예쁘게 깔린 구름,
조용한 거리….
그만큼 나에게 큰 선물을 준 핀란드.

어른들 말씀 틀린 거 하나도 없다.

떠나면 얻을 수 있다.
지금 당장 떠나라.

그대로 꿈, 그래도 쉼

헬싱키, 걷다

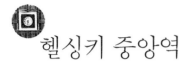

헬싱키 중앙역

깜삐역에서 10분 정도 걸으면 갈 수 있는 중앙역.
헬싱키의 모든 트램이 지나는 이곳은 헬싱키에서 가장 붐비는 교통
의 중심지다.

1914년에 완공된 중앙역은 시계탑과 중세풍의 거대한 조각상이
인상적이다.
하지만 무엇보다 눈에 띄는 것은 바로 중앙역 정문에
장식된 네 명의 사내들.

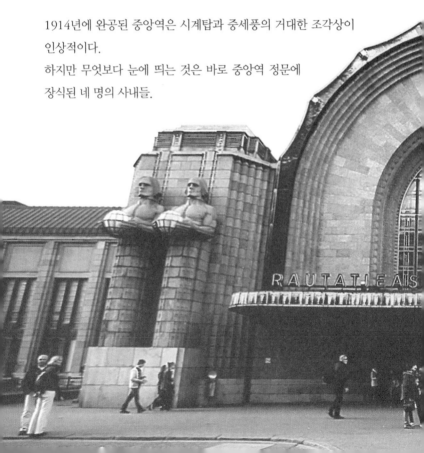

상체의 울긋불긋한 근육과 단아한 머리모양이 주는 남자다움과 조심스레 램프를 쥐고 있는 수줍은 자태가 묘하게 어울려 웃음을 자아낸다. 나름의 사연을 담고 있을 저 네 명의 사내는 내가 이곳에 있었다는 사실을 기억해 줄까?

● 교통의 중심지인 만큼 중앙역에서 다양한 곳으로 이동할 수 있다.
독일, 러시아까지 이어진 철도는 말할 것도 없고, 근처엔 중앙 우체국과 소코스 쇼핑
몰, 핀란드 국립극장이 있고 건너편엔 핀란드 최대 미술관인 아테네우민 미술관이
있어 핀란드에 방문한 관광객이라면 필수적으로 거치는 코스.
전부 도보로 이동할 수 있으니 중앙역에서 내렸다면 한 번쯤 들러보는 것은 어떨까?

VR Sm4 6426

헬싱키 대성당

햇살이 밝은 날에 눈부시게 빛나는 외벽을 봤다면, 지금 헬싱키 대
성당 아니, 루터란 대성당을 보고 있는 것이다.

바다에서 바라볼 때 한층 더 아름다운 이곳은 상아색 외벽을 통해
비치는 순수함, 중앙과 네 측면에 세워진 녹색 돔의 화려함이 조화
로운 핀란드 루터교의 중심지다.
이곳에서는 매년 각종 국가적인 종교행사 외에도 전시회, 파이프 오
르간 연주회 등 대학 · 시민과 함께하는 다양한 문화행사가 열린다.
역시 시벨리우스의 고향다운 아름다움이다.

내부로 한걸음 움직여 본다.
순수하지만 화려했던 외관과 달리 오히려 소박한 느낌이 강한 내부
는 고급스러운 샹들리에와 파이프오르간이 화려함을 표현해준다.
어느 곳 하나 치우침이 없는 조화로움은 이 공간이 지닌 가장 특별
한 매력이다.

◉ 헬싱키 대성당은 중앙 공원에서 10분 정도 걸어서 도착할 수 있는 거리에 있다.
너무 오랜 시간 걸어서 더 이상 못 걷겠다면 트램을 타도 좋다.
트램 1, 3, 7번을 타고 원로원 광장 'Sennatintori' 앞에서 내리면 된다.
앞에 있는 원로원 광장을 그냥 지나친다면 당신은 헬싱키 대성당에 간 것이 아니다.

☑ 월요일에서 금요일 9시~17시, 토요일 9시~18시, 일요일 12시~18시
    헛걸음하자 않길 바라는 마음에서 살짝 메모!

마켓광장

원로원 광장에서 남쪽으로 500m쯤 내려가다 보면 아름다운 바다와 선착장이 나온다. 그 앞에 있는 동화 속 풍경 같은 시장이 바로 헬싱키에 왔다면 꼭 들러야 하는 장소, 마켓광장이다.

이곳에서는 커피를 마시며 브런치를 즐기는 핀란드 사람들을 쉽게 만날 수 있다.
날씨가 좋아서일까?
그들의 표정은 모두가 행복을 말하고 있다.
이곳에서는 당연히 그래야 한다는 것처럼….

그래서 나 역시 이곳을 한없이 배회하곤 한다.
그들의 행복한 표정을 바라보며.
대통령궁이 앞에 있어 가끔 대통령도 이곳을 돌아다닌다고 하던데,
왜 나는 못 본 거지?

○ 마켓광장은 예쁘게 천막으로 둘러싸여 있는데 이 천막마다 나름
대로의 의미가 있다는 사실.
푸른색 줄무늬가 쳐진 천막은 액세서리나 의류, 가방 등을 판매
하는 잡화점. 주황색 줄무늬가 쳐진 천막은 음식을 판매하는 곳
을 표시한다고 한다.

나는 이것밖에 모르는데 다른 색상도 있을까?

대통령궁

살기 좋은 복지국가, 청렴도 1위의 공직자가 신뢰받는 나라.
핀란드를 표현하는 이 말들이 의심스럽다면 대통령궁에 가보는 건
어떨까?
주변의 화려한 건물과는 달리 소박하고 단순함이 인상적인 대통령궁.
약간의 거리감과 딱딱함은 바로 앞에 있는 마켓광장이 모두 없애
준다.

당신의 소리를 귀담아 듣겠다는 듯한 친근함
이 나라, 더 매력적으로 다가온다.

수오멜린나 요새

Suomenlinna '무장해제'
전쟁의 최전방에 있던 곳의 아이러니한 이름.
전쟁이 있었던 곳이라기엔 너무도 아름다운 곳.

내가 찍은 사진 대부분은 수오멜린나 섬이다.
세계 유네스코로 지정된 역사적, 문화적 의미가 있는 이곳.
나는 이런 복잡한 생각을 지우고 수오멜린나 섬을 한없이 걸었다.
식사를 하고, 언덕 위에 있는 카페에서 커피도 마시며 한껏 여유로
운 호사를 부렸다.

이날의 하늘은, 말할 수 없이 아름다웠다.
말할 수 없이.

아! 디자인 공부를 하는 한국인 유학생… 참 멋져 보였는데.
그는 잘 있으려나?
아름다운 수오멜린나에서 무엇을 얻어갔을까.

그대로 꿈, 그래도 섬

◎ 우리나라의 강화도 요새를 보는 듯한 수오멜린나 섬.
이곳에는 등대의 역할도 했던 수오멜린나 교회도 있다.
배를 타고 오면 가장 먼저 보이는 우뚝 솟은 등대가 바로 이 수오멜린나 교회다.
걷다 보면 스치게 되는 그곳에서 잠시 생각에 잠겨보는 것은 어떨까?

○ 우스펜스키 사원은 그 사원 자체도 아름답지만,
높은 언덕에서 헬싱키 항구를 내려다보는 아름다운 뷰 포인트로도 유명하다.
눈앞의 화려함에만 눈을 빼앗기지 말고, 살짝 돌리는 여유도 느껴보자.
어쩌면 삶도 이러하지 않으려나?

우스펜스키 사원

모든 것이 소박하고 조화로움이 엿보이는 이곳, 헬싱키에서 가장 화려한 건물은 이 우스펜스키 사원이 아닐까?
북유럽 최대의 러시아 정교 교회인 우스펜스키 사원은 동양적 미와 서양적 미가 조화된 우아함과 고풍스러움이 인상적이다.

고지대에 있어 어디서든 눈에 띄는 이곳.
자신들의 아픈 역사를 감추지 않고 포용하는 듯한 우스펜스키 사원은 마음 여린 핀란드인의 마음을 가장 잘 보여주는 곳은 아닐까?

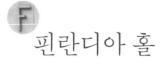

핀란디아 홀

핀란드에서는 모두가 존경하는 두 사람이 있다.
핀란드의 두 기둥이라 불리는 세계적인 음악가 시벨리우스와 건축
가 알토가 그들이다.
이곳 핀란디아 홀은 이 둘 모두를 만날 수 있는 가장 매력적인 장소다.

유리 안으로 보이는 공연장의 섬세함.
하얀 대리석으로 장식된 깨끗한 순수함.
이는 시벨리우스의 아름다운 선율과 알토의 건축에 대한 순수한 열
정을 엿볼 수 있다.

나도 순수해질 수 있을까?
아. 노래하고 싶다.

● 세계적인 작곡가 장 시벨리우스.
  그에 대한 핀란드인의 사랑은 말로 표현할 수 없을 만큼 엄청나다.
  그런 그를 조금 더 자세히 만나고 싶다면, 시벨리우스 공원으로 향하는 것은 어떨까?
  파이프오르간 모양의 기념비는 그의 위상을 아름답게 드러내고 있다.

에필로그

별생각 없이… 많은 고민 없이….
즉흥적인 내 삶은 이번 여행에서 또 다른 내 이름을 만들어줬다.
무모한 도전일 수도 있었던 핀란드 여행은 내게 실패가 아닌,
그렇다고 성공도 아닌 즐거운 도전 자체로 남아있다.

우리는 무언가를 얻기 위해 살아왔다.
어릴 때부터 어른의 손에 이끌려 목적 없이 이리저리 끌려다니기만
했다.

삶이 무엇인지?
어떻게 살아야 하는지?
누구의 말을 들어야 하는지?
나의 멘토는 누구인지?

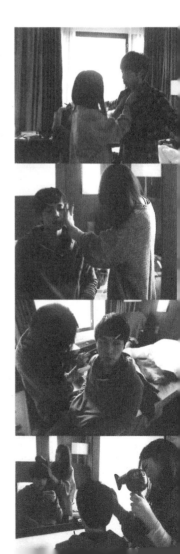

어른이 된 지금도 어찌할지 몰라 앉아서 상상만 하는 우리에게
나는 맨발로 뛰어다니는 방법은 아주 쉽다는 걸 얘기해주고 싶었다.

아무것도 아닌 나. 잘난 것 하나 없는 나.
단지 가수라는 직업으로 운이 좋아 방송과 무대에서 노래하는 모습
을 보여주지만,
난 대단한 사람이 아니다.
나도 지금 당신과 같은 고민을 하고, 불안한 인생을 사는 사람이다.

도전이라는 것, 그거 별로 어려운 것이 아니다.

지금 이 책을 읽고 조금이라도 느끼는 게 있다면
장소에… 시간에… 상황에… 구애받지 않고 자리에서
일어났으면 좋겠다.
꼭 성공해야만 잘난 인생을 사는 게 아니다.

도전하는 삶!
실패를 두려워하지 않는 삶!
실패의 두려움도 웃음으로 만들 수 있는 삶!
그래, 그거면 된 거다.

깊게 생각하지 말자.

우린, 청춘이다.

to. 석훈

린_가수

그에게서 한 권의 책을 받았다. 헬싱키를 여행하면서 찍은 사진과 느꼈던 감정을 정리했다며 건네주는 그의 얼굴에서 행복함이 묻어 나왔다. 무엇이 그의 표정을 저렇게 편안하게 만들었을까 궁금하게 만들었다. 책을 읽어가며 핀란드 헬싱키의 풍경과 그 속에 담긴 그의 모습, 그리고 그의 생각이 모든 것을 얘기하고 있었다. 더하지도 덜하지도 않은 딱 이석훈과 같은 책이다. 어디론가 떠나고 싶을 때가 있다. 시간과 여유가 없어 떠날 수 없다면 나처럼 이 한 권의 책으로 대리만족을 해 보는 것은 어떨까?

민호_가수, '샤이니' 멤버

오랜만에 여유라는 단어를 떠올릴 수 있는 그런 책이었다.

세계 곳곳에서 공연하기 위해 여러 나라를 가지만, 무대에 서서 공연하고 다시 돌아오는 빡빡한 일정 속에 순간 허탈해질 때가 있다. 청춘의 시간을 보내고 있는 나에게 석훈이 형이 얘기하고 있는 별생각 없는, 무작정 떠나는 여행이 절실히 필요할 때도 있다. 해외를 오가며 많은 것을 놓치고 있다는 생각도 든다. 그렇기에 이 책 한 권에 담긴 진심이 느껴지고 그 마음이 내 마음을 통하기에 그 감동이 더 크게 울린다. 많은 사람이 이 책을 통해 여유와 삶을 다시 한 번 돌아볼 수 있는 시간을 가졌으면 좋겠다. 나처럼. 개인적으로 꼭 핀란드에 가보고 싶어졌다. 나도 석훈이 형과 같은 마음일까?

박성광_KBS 개그맨 '개그 콘서트' 출연

나의 이야기는 734% 리얼 나 이 책 보고 북유럽, 그것도 핀란드 헬싱키 가본 적도 없는데 갔다 온 척하고 다닌다! 그 정도로 유럽을 잘 느낄 수 있지! 그리고 나 이석훈하고 친한데 이 책 돈 주고 사서 봤다! 그 정도로 아깝지 않은 책이라는 얘기지.

박지선_KBS 개그우먼 '개그 콘서트' 출연

그는 이 책을 통해 '교회 오빠' 이미지를 벗고 함께 여행길에 오르고 싶은 편한 언니 이미지로 거듭났다. 그런 의미에서 다음 여행은 나와 함께 가는 건 어때?

배다해_가수, 뮤지컬 배우

이 세상이 하나의 거대한 책이라면 석훈이의 책은 핀란드의 세상을 소소하게 다룬 책이다. 방대한 정보를 담은 책들이 쏟아지는 시대에 잠시 숨 고르기를 할 수 있는 쉼표와 같은 책.

살아 숨 쉬며 읽는 동안 내 옆에 몸을 뒤척이는 듯한 생경한 느낌, 여행지의 체험과 지금 나의 자리와 인생을 다시 한 번 생각하게 하는 책이다.

송형석_고려대학교 대학원 의학 박사, '마음과마음' 정신과 원장

항상 피곤해 보이던 친구가 얼굴 가득 미소를 지으며 핀란드에 다녀왔다고 말을 걸었던 때가 기억난다. 뭔가 새로운 힘을 받은 듯이 활력이 넘쳤다. 1년 정도 같이 방송을 하면서 느꼈던 것은 가수 이석훈은 화려한 연예인이라기보다는 어딘가 외로움을 타고, 가끔 아무

도 없는 곳에서 창밖을 바라보는 것을 좋아할 것 같은 사람이다. 그리고 그는 목소리처럼 뭉긋하고, 잔잔한 듯하면서도 진한 뒷맛이 있는 그런 분위기를 가진 사람이다.

아마도 핀란드는 그에게 가장 적절한 곳이었을지도 모른다.
끊임없이 나타나는 호수.
지평선 위에 호수만큼 떠있는 구름.
한산하고 깔끔한 거리들.
그곳은 항상 추위를 버티며 사는 생명들의 은은한 분위기가 떠있다.
고독을 즐기는 사람에게는 북쪽의 땅만큼 좋은 곳이 없다.

그가 썼듯,
'넘치지도 모자라지도 않는 그래서 나에게는 더없이 충분한….'

그곳에서의 자잘한 감상들, 감상 뒤에 묻어나오는 어린 시절의 추억, 그리고 아름다운 사진들을 보면서 아마도 이 친구, 다음에는 더 먼 곳으로 달려가지 않을까? 하는 생각이 들었다. 목도리를 두르고 예쁜 버스를 타고 해가 뉘엿뉘엿 지는 숲 속을 달리며 슬며시 웃음 짓고 있는 모습이 떠오른다. 그리고 그곳의 추억을 다시 기억하곤 자신의 목소리로 만들어가겠지. 부러운 일이다.

안영민_작곡가, 작사가
석훈이가 데뷔를 준비할 때부터 친했기 때문에 그를 많이 안다고 생각했다.
하지만 이 책을 읽고 난 후에 180도 생각이 달라졌다. 늘 가사와 곡을 쓸 때 겸손했던, 그리고 자신 없어 하던 그의 말이 거짓말이란 것을 확인시켜주었다.

애써 포장하려고 하지 않은 그의 솔직한 글과 사진들을 함께 보고
있노라면 나는 이미 여행을 하고 연애를 하고 아름다운 길을 걷고
있었다.

이제 석훈이에게 내 곡의 가사를 부탁하고 싶어졌다.

Simon D_가수 '슈프림팀' 멤버

노래로 전해주던 감성과 여행을 통해 느꼈던 그의 감정이 사람의 마
음을 참 따뜻하게 해준다. 그러나 내 친구 이석훈의 본모습을 아는
나는 살짝 낯간지럽다고 느꼈던 순간순간이 있긴 했지만. 책을 보다
보면 그가 얼마나 아름다운 청년인지 알게 해준다.

핀란드가 사람 하나 참 잘 섭외했다.